生活如歌

李材生 著

陕西新华出版
太白文艺出版社·西安

图书在版编目（CIP）数据

生活如歌 / 李材生著 . —— 西安：太白文艺出版社，2025. 6. —— ISBN 978-7-5513-3030-5

Ⅰ . I227

中国国家版本馆 CIP 数据核字第 2025CJ5673 号

生活如歌
SHENGHUO RUGE

作　　者	李材生
责任编辑	谢　天
封面设计	朝夕文化
版式设计	朝夕文化
出版发行	太白文艺出版社
经　　销	新华书店
印　　刷	武汉怡皓佳印务有限公司
开　　本	710 毫米 ×1000 毫米　1/16
字　　数	240 千字
印　　张	14.625
版　　次	2025 年 6 月第 1 版
印　　次	2025 年 6 月第 1 次印刷
书　　号	ISBN 978-7-5513-3030-5
定　　价	72.00 元

版权所有　翻印必究
如有印装质量问题，可寄出版社印制部调换
联系电话：029-81206800
出版社地址：西安市曲江新区登高路 1388 号（邮编 :710061）
营销中心电话：029-87277748　029-87217872

扈语

　　本傣作标新立异求发展，望善若水思秋实，吐故纳新首纳谏，活学居易听孺言，为我民族后生好心愿，写作且莫刻舟求剑，墨守成规死水潭。要为人民服务是首选，画龙点晴彩云天，人人要为画龙添光彩，画龙栩华美添，乐为华美爱心愿，爱美乐为爱完善。错点缺点属难免，推诚相见的求谙人高见，请君指点激活傣作鲜，傣作鲜艳赞君贤，贤君吐花开在后人心坎上，活步姗姗更上一层楼。本作只为后生秀全心甘为孺子牛，牛能耕田稻菽秀，绿水青山树悠悠，当今盛世树高大，身居树下精神爽，怡然自得心坦然，喜闻乐见艳阳天，海内各行各业成就饱福眼，各族人民潇洒歌舞欢，所见匹夫兴奋更无前。乐为华美添光彩，乐要后人秉光环光照江山青青山，青青江山人人福祉显，彰显当今太平盛世航行船，是当今廉政导航全船美，是众志成城，为民族复兴乡村振兴华美添，各族人民爱美而乐欢，美美与共是人们的心愿，所以傣作要见知 识渊博谙譞人。

李材生

2023 年 10 月 1 日

目 录

大好山河

飞花令·花 ……………………………………………… 002

飞花令·风 ……………………………………………… 004

飞花令·山 ……………………………………………… 005

排比飞花令·鸟应 ……………………………………… 006

六月雪 …………………………………………………… 007

坡头美 …………………………………………………… 008

人间泉 …………………………………………………… 009

垚山小记 ………………………………………………… 010

花果香 …………………………………………………… 012

山花春 …………………………………………………… 013

荷花梦 …………………………………………………… 014

春 ………………………………………………………… 015

百年芳 …………………………………………………… 016

阳春 ……………………………………………………… 017

同林鸟	018
山外有山	019
桃花娇	020
雨似油	021
暴风骤雨记	022
禽欢乐	023
百花香	024
一江春水	025
爱莲说	026
捞月记	027
栀子花	028
情花	029
代表	030
龙舟精神	031
花海	032
迤萨川	033
玉山春	034
山花傲	035
淬砺蜂	036
路	037
游红山	038
云南民歌好	039
蚁浴	040
斑鸠情	041

十月菊	042
野花熳	043
十月黄花	044
柳岸花明	045
鸟调	046
鲜花调	047
二月梅	048
蜜蜂颂	049
艳阳天	050
赏月记	051
游聂耳广场	052
游澄江	053
冬	054
牛厚	055
护林鸟	056
桂花香	057
骆驼精神美	058
林蛙好	059
青枣甜	060
和平鸽	061
聂耳公园	062
喜看	063
小岩羊记	064
玄鸟	065

天天春 …………………………………………………… 066

聂耳故里春 ………………………………………………… 067

游聂耳故里 ………………………………………………… 068

生活如歌

甜蜜村镇 …………………………………………………… 070

百姓姹 ……………………………………………………… 072

事事端 ……………………………………………………… 073

九十寿 ……………………………………………………… 074

媒 …………………………………………………………… 075

菠萝蜜 ……………………………………………………… 076

野渡 ………………………………………………………… 077

快乐童年 …………………………………………………… 078

茄友 ………………………………………………………… 079

悬崖村记 …………………………………………………… 080

叠调丰收 …………………………………………………… 081

杏花村 ……………………………………………………… 082

媳邻邻 ……………………………………………………… 083

农村好 ……………………………………………………… 084

岳母 ………………………………………………………… 085

春天忙 ……………………………………………………… 086

叨叨调 ……………………………………………………… 087

中秋 ………………………………………………………… 088

国庆	089
采药记	090
叠调春节	091
勤奋	092
芒果香	093
六一儿童节	094
端午	095
游春	096
幼吾幼	097
中秋傲	098
叠叠小调	099
溜溜令	100
锁调	101
茅屋	102
菜翁	103
小卜俏记	104
小拉姑记	105
种瓜	107
小石头记	108
酒篇	109
祖国颂	110

拟古缘情

大雅·翛山蜂 …………………………………… 112

小雅·爱莲说 …………………………………… 113

大雅·白兔梦 …………………………………… 114

小雅·重阳 ……………………………………… 115

小雅·嵺山美 …………………………………… 116

小雅·南涧 ……………………………………… 117

浣溪沙·妈妈好 ………………………………… 118

浣溪沙·浩瀚沙漠老胡杨 ……………………… 119

浣溪沙·当今华美望天树 ……………………… 120

摊破浣溪沙·全面脱贫春雷响 ………………… 121

摊破浣溪沙·月亮月亮照山岗 ………………… 122

和平调·您是我 ………………………………… 123

和平调·三江美 ………………………………… 124

和平调·观沧海 ………………………………… 125

和平调·天生物 ………………………………… 126

长干行 …………………………………………… 127

长干行·小河 …………………………………… 128

摊破破阵子·君心明悦坦荡 …………………… 129

破阵子·夜夜睡得香甜 ………………………… 130

减字木兰花·螳螂蜜月 ………………………… 131

偷声木兰花令·不识寰宇真面目 ……………… 132

清平乐·春花鲜艳 ……………………………… 133

清平乐·桃花水沟 …………………………………… 134
叨叨念 ……………………………………………… 135
正宫叨叨令 ………………………………………… 136
虞美人·仪态华容美无双 …………………………… 137
虞美人令·青春年华喜来乐 ………………………… 138
水调歌头·垚山 ……………………………………… 139
水调歌头·蚱毛 ……………………………………… 140
塞鸿秋 ……………………………………………… 141
好事近·明月 ………………………………………… 142
渔家傲·世上只有老人好 …………………………… 143
醉花阴·百灵鸟儿齐欢唱 …………………………… 144
满庭芳·仰望蓝天 …………………………………… 145
鹧鸪天·翕公您有几度秋 …………………………… 146
玉楼春·轻轻松松路漫漫 …………………………… 147
西江月·山有山的奇妙 ……………………………… 148
浪淘沙·海南风景美 ………………………………… 149
鹦鹉曲·好山好水好地方 …………………………… 150
醉太平·锦绣嵩山峰 ………………………………… 151
采桑子·人类命运有福气 …………………………… 152
长相思·鸟也现 ……………………………………… 153
钗头凤·春如故 ……………………………………… 154
踏莎行·清风徐徐 …………………………………… 155
西江月·彩云高举明月 ……………………………… 156
渔家傲·日照柳岸生紫烟 …………………………… 157

江南弄·江南里弄锁红颜 ………………………………… 158

折桂令·您傻傻站在那里 ………………………………… 159

卜算子·外婆的河边 ……………………………………… 160

醉花阴·秋高气昂精神爽 ………………………………… 161

一剪梅·莽莽瑞雪纷纷飘 ………………………………… 162

南乡子·义女尚可瞑 ……………………………………… 163

一叶舟·一叶轻舟荡悠悠 ………………………………… 164

调笑令·宇宙 ……………………………………………… 165

采桑子·春风化雨禾苗茂 ………………………………… 166

蝶恋花·好人好心风华茂 ………………………………… 167

菩萨蛮·八桂年年香度秋 ………………………………… 168

南乡子·华夏公铁路 ……………………………………… 169

生查子·秋来暑热了 ……………………………………… 170

菩萨蛮·浩瀚碧荷喜来春 ………………………………… 171

永遇乐·新华继光 ………………………………………… 172

调笑令·玫瑰 ……………………………………………… 173

武陵春·春江山水悠恬静 ………………………………… 174

诉衷情·青春潇洒玩风流 ………………………………… 175

春江花月夜 ………………………………………………… 176

坐想行思

飞花令·爱 ………………………………………………… 178

组合飞化令·是 …………………………………………… 179

飞花令·人 …………………………………… 180

兴奋灶 ……………………………………… 181

诫书 ………………………………………… 182

看不见的兴奋灶 …………………………… 184

女儿经 ……………………………………… 185

归去来兮 …………………………………… 186

诤苶风 ……………………………………… 187

少年梦 ……………………………………… 188

独木船 ……………………………………… 189

相思 ………………………………………… 190

念路娇 ……………………………………… 191

饮茶思 ……………………………………… 192

蝴蝶梦 ……………………………………… 194

情深深 ……………………………………… 195

龟须 ………………………………………… 196

盛名 ………………………………………… 197

柔情似水 …………………………………… 198

贤淑女 ……………………………………… 199

月下情 ……………………………………… 200

怀念 ………………………………………… 201

路漫漫 ……………………………………… 202

彝家乐 ……………………………………… 203

回忆 ………………………………………… 204

再读楚辞 …………………………………… 205

秃毛鸟 ……………………………………………… 206

鸟妈好 ……………………………………………… 207

诚信树 ……………………………………………… 208

香中水 ……………………………………………… 209

非雨油 ……………………………………………… 210

粮为贵 ……………………………………………… 211

好妈妈 ……………………………………………… 212

燕子和主人 ………………………………………… 213

傣作 ………………………………………………… 214

中秋有感 …………………………………………… 215

念奴娇 ……………………………………………… 216

声声慢 ……………………………………………… 217

蜂想甜蜜 …………………………………………… 219

生活如歌跋 ………………………………………… 220

大好山河

飞花令·花

彩云之南"花果山",滇南之花特别鲜。
五朵金花特鲜艳,朵朵鲜花洱海边。
鲜花开放蜜蜂来,蜜蜂鲜花分不开。
蜜蜂生来酿花蜜,人生也为花蜜来。
敬爱鲜花添寿阳,好花浓艳润心田。
愿为雪域莲花鲜,雪域儿女爱花鲜。
北国雪花燎亮天,雪花卫士不畏寒。
护卫边疆爱雪花,沧海浪花最爱蓝。
迎浪航花护海甜,四海水兵护花海。
九州金花心坦然,怡然自得赏鲜花。
无数工厂吐火花,工厂林立富强花。
商店货足保民花,交通发达蜘蛛花。
物价低廉爱民花,勤劳耕作好稻花。
沙漠绿洲变花海,崇山峻岭藏红花。
熊猫爱吃竹子花,花开花潮赏繁花。
繁花似锦今朝在,恰是群燕报春花。
只愿生在此花海,高唱花灯添韵彩。
愿为鲜花增光彩,愿为护花肝胆全。

花开东西南北中,好花尽开此山中。
枯木逢春迎春花,人人喜爱报春花。
沙丘也开腊梅花,所以九州似繁花。

飞花令·风

孔明耿心借东风，借风险死督手中，黄老为风计成痛。
江岸风口惊子龙，险情幸得东风来，东风曹营火海中。
此风胜过龙卷风，风声后浪推前浪，刹声洪亮推东风。
曹军大败快似风，风声鹤唳惊曹恐，不是东风也是风。
凄凄楚楚乱似风，曹相单身风雨中，风为两朝悲喜中。
都督狂喜东风便，二乔峨眉赞东风，幸福之风吹江东。
东吴人人狂风中，江东父老甚爱风，微风有益富农中。
微风细雨黄金物，东风细雨硕果红，谷盼午时微风起。
满山媒花盼清风，清风传粉硕果累，丰收欢赏传媒风。
民间媒风广流行，媒说之言甚东风，自由寻情爱情风。
但愿此风永相容，免于朱颜风雨中，清风飘飘云飞鸿。
女大善能自由风，风度朱颜易情钟，公子悠悠情风送。
相思绵绵情风红，情风春江花月夜，笑谈情风乐无穷。

飞花令·山

丽山飞势彩云间，彩云绵绵恋华山。
山峰峭峭高峻险，郁郁葱葱万重山。
山山相连青翠绿，绿水青山鸟狂欢。
东山养牛西山羊，山荫脚下孔雀翩。
玄鸟山崖如市井，登山人往市井欢。
满山桃花鲜红艳，桃花山峰人声喧。
游山人声不离散，春风山人相映欢。
野花山人依依恋，满面春风迎华山。
善哉华山绝色妍，华夏人人夸华山。
华山景美样样美，巍巍华山独秀垣。
风姿特美山峰端，山中春色风景妍。
鸟语山林花香浓，郁郁青山映山绿。
萦绕青山云飞渡，万山青青风悠悠。
峥嵘山姿景特美，华夏有此美山景。
山景绝美如诗画，处处青山宜人留。

排比飞花令·鸟应

鸟应氄毛初生是天堂,
鸟应生来就得母爱享。
鸟应父母同样爱雏良,
鸟应喜得林社同情匡。
鸟应同林鸟前明月光,
鸟应群鸟心胸亮堂堂。
鸟应航线是康庄大道,
鸟应群山花香伴鸟航。
鸟应花枪莫对无幸惶,
鸟应萦程舒畅无别样。
鸟应堂堂煌煌生计良,
鸟应微风徐徐萦绕航。
鸟应轻松一身好时光,
鸟应勇于护林爱同行。
鸟应日日幸福永流芳,
鸟应天天芬芳是艳阳。

六月雪

青枝绿叶六月雪,繁华盛世您开花。
一枝白艳露凝芳,媲邻香透香飘华。
六月花开六月雪,鲜花亮相好挺拔。
花朵绽放好时节,您是理想民用花。
怡然自得正当时,翱翔人间平安邦。
勤学苦读露华章,活学燕山美名扬。
人美花美书法美,左右逢源学悟富。
学悟自知再学悟,翛然之花为民开。

坡头美

坡头旖旎显风流，
两厢情愿喜心头。
人人莫忘来时路，
众志成城山低头。
俯首愿做连理枝，
枝叶繁茂鸟喜游。
欢欢喜喜比翼鸟，
比翼双飞在坡头。

人间泉

天生人间有涌泉，
泉水浇灌人间恬。
甜水顺势浇杨柳，
柳树青青感恩泉。
平语近人喜迎春，
春山鸟语试水深。
越过此山无鸟叫，
顺风杨柳顺风行。

垚山小记

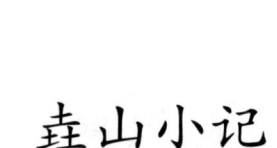

垚山有座老君寺，
欲往路奇草木菜。
邀友攀爬勇者胜，
没有大海大人心。
奇路悬崖多美景，
道士直言鸟难飞。
长空雁叫鸟惊魂，
上山多处扭曲弯。
弯弯曲曲美奇峰，
路在茫茫林海峭壁中。
聪慧知情且不往，
此情深深且莫忘。
五彩缤纷俏花鲜，
青枝绿叶锦峭山。
余人总想鸟飞旋，
早有人鸟自在玩。
　乐道君行早，
　更有早行人。

乐信智中智,
更有超智人。
乐信美中美,
更有超美情。

花果香

大小田房花果香，
杨队暗示可品赏。
果海晨旸鸟飞扬，
林海无际心喜狂。
喜逢果甜青鸟优，
善住人间家家煌。
孔雀不屏莫赏凰，
凤飞林间自思量。

山花春

花山插定一枝春,
林边青杉草青青。
记得年年情人节,
无边光景事事新。
乐乐优婆喧华语,
句句吐芳感动人。
风吹青杉顺风春,
春花潇洒笑盈盈。

荷花梦

清风明月迎门窗，
酣然浩瀚荷花香。
浩瀚花立水中央，
涸泽而渔给客赏
又拾落红烹鱼汤，
饱餐终日空客往。
送客门外千竿竹，
原是荷花梦里香。

春

温柔乡里一支春，
甜蜜微笑绝世人。
绝世独立迷君心，
举世无双赵哈德，
窈窕英姿君兴奋。
愿终日温柔乡里，
她春她情她钟情，
春君春心春风行。

百年芳

海内茫茫艳阳天，
绿水青山花果山。
处处鲜花吐浓芳，
家家庭芳香流淌。
矢志不忘初心扬，
勇担使命护华航。
淬砺航程迎盛世，
代代奋斗百年芳。

阳春

清风徐徐来，山雨欲来临，恬静萋萋草。
早盼风雨归，映山红艳艳，青山林木春。
绵绵春风雨，子规喜盈盈，鸟语赤诚心。
品格是高尚，高风亮贞节，洗耳听春韵。
高山流水音，好韵永相宜，不忘感情恩。
雨媚春禾苗，万类媚春新，甘心情愿春。

同林鸟

南山果树林，鲜果甜蜜蜜，年年丰硕果。
甜果暖鸟心，林中同林鸟，性情好温顺。
不惧暴风雪，终身守护林，蜂鸟来光临。
笑迎鸟明星，春风暖洋洋，和睦共处春。
相处融恰和，赤胆显忠诚，鸟思缠绵情。
枯树乃逢春，禽鸟乃同林，林鸟鸳鸯情。

山外有山

山外有山楼外楼，
各有千秋各风流。
群群牛羊溪边杨，
芊芊无际禽唳游。
流水不腐无尽头，
鲜花芳菲香不休。
迎春花开浪悠悠，
愿君到此逍遥游。

桃花娇

悠悠闲闲游山垚，
游遍这高山林海。
看见的桃花满坳，
听惯了孔雀声哨。
林海禽歌吼声妙，
彩云飘飘迎群鸟。
有幸清风吹娇桃，
恰似桃花红透娇。

雨似油

碧水行舟船自悠,
艄公春心埋心头。
船到江中艄公喜,
江中鱼儿狂喜游。
满天云雨雨似油,
弄得鱼儿喜欢庆。
喜庆党恩艄公求,
艄公满服碧水油。

暴风骤雨记

家家乌蒙风满屋,
暴风骤雨不停休。
蚂蚁临槐跨大树,
鸟雀难觅树枝留。
川溪茫茫汪如海,
万类失眸乌云蒙。
乌云滚滚日隐曜,
风沙滚滚岳潜形。

禽欢乐

禽欢乐园林森森，

枝叶繁茂绿嫩嫩。

繁花似锦红艳艳，

硕果浓郁香芬芬。

飞禽情歌闹喧喧，

走兽怡然乐欢欢。

蝶蜜成群舞翩翩，

孔雀展屏翠鲜鲜。

百花香

人想衣裳花想容，
花样年华花香浓。
朵朵鲜花向阳开，
山山百花浓香飘。
花香飘飘花心爽，
华夏举措堪赞赏。
爱花护花新篇章，
大展宏图百花香。

一江春水

一江春水一江秋，
春水涌入船悠悠。
王勉最爱鲜荷花，
鲜花彩楼悦眼球。
欲望越位上彩楼，
楼上孔雀笑迎舟。
一笑终于香千古，
苗条淑女谁不求。

爱莲说

中通外直荷花骄，
亭亭玉立正直标。
荷叶团团鱼儿伞，
芙蓉不蔓不入妖。
白藕淡香甜味美，
艳花浓浓吐芬芳。
淤泥不染风格高，
涅而不缁清风飘。

捞月记

明月高悬水中天,
四面青山峭壁环。
春藤春松玉猴现,
明月空捞数往返。
左思右想期再战,
水中捞月苦难言。
锦绣风光浮水面,
猿鸣三声举此免。

栀子花

栀子花开艳阳天，
翩翩蜜蜂恋花艳。
蜜蜂鲜花为民来，
鲜花蜜蜂分不开。
蜜蜂生来酿花蜜，
酿蜜专为供人甜。
您将是阳春白雪，
花姱文彧学富妍。

情花

春雷闪电青松岭,
雨润情花红翠芬。
春风吹艳松山花,
雷声雨声风声频。
情花同情同林鸟,
鸟儿怜花心莫惊。
暴风骤雨风满楼,
落花流水也有情。

代表

旭日东升照九州,
绿水青山花山绣。
家家户户好幸福,
年年月月保丰收。
长期奋斗你带头,
贫穷之人变富有。
从不为私心为公,
堪为吾邦代表秀。

龙舟精神

龙舟精神代代传,
大江南北兴校园。
选为健身好领悟,
全民响应心怡然。
集体智慧喜中乐,
风华龙舟靠协作。
气势烜赫风尚标,
传奇好俗念屈老。

花海

花海茫茫花溪峰，
松竹梅洞彩云中。
悬洞玄鸟如市井，
山花灿烂禽歌浓。
百花浩瀚竟美艳，
彩云深处寺庙钟。
花峰泉涌如瀑布，
浪花彩霞旭光笼。

迤萨川

旭日笼照迤萨川，
溪水瀑布奔驰涧。
沿岸梨花白似雪，
疑似仙鹤宿林尖。
水鸟蜜蜂赛歌恋，
彩蝶好强舞翩翩。
川溪禽兽闹欢欢，
一览尽收喜心田。

玉山春

旭日东升照玉春，
峰峰奇观景迷人。
络绎不绝游霞客，
畅游寰球推名山。
首推玉山绝色妍，
林艳鸟语花香鲜。
萋萋芪草绣环山，
青藤绿蔓溪水涧。

山花傲

　　孔雀飞临东南峰，山花灿烂艳山红，萦绕彩霞又彩虹。是情花，又是万山映山红。

　　香风劲吹繁花红，彩云萦绕花果峰，咬定青山不放松。是情种，情爱终将又重逢。

淬砺蜂

彰显淬砺悬崖蜂，
世世代代统治仪。
鲜花开放倾巢涌，
蜜蜂生来酿花蜜。
人人享受蜂蜜甜，
蜜蜂对人情谊深。
愧对自然何所宜，
甘心淬砺学蜂仪。

路

每一步行走，
豁然开朗情。
繁花香风飘，
醉人心如谧。
越走越甜蜜，
沿途总是美。
美美情与共，
尽收在心里。

游红山

晚春艳阳照红山，
雨露滋润禾苗鲜。
蝶戏艳花舞姿欢，
鲜花开放蜜蜂来。
蜜蜂生来酿花蜜，
酿蜜丰硕供人甜。
处处鸟语增添彩，
堪媲华胥梦游山。

云南民歌好

人人尽说云南好,
游人愿在云南老。
行家刀山火海过,
彝家篝火舞情歌。
花街俏丽颜如玉,
天仙好似下凡俗。
倾听各族唱情歌,
忆鲈鱼而情歌淹。

蚁浴

蚂蚁浴河浪悠悠,
优雅恬静洞水游。
静静江面渔人露,
筠筠搅蚁显欢乐。
独竹芬芬香飘所,
清风徐徐雨来乐。
两岸青山猿声颂,
鸳鸯婆娑舞禽歌。

斑鸠情

红山有党麻斑鸠，
斜风暴雨挺风头。
挺寒三九骨气有，
翱翔红山好自由。
年年遍山专觅害，
日日林间害虫收。
惹人心喜爱悠悠，
鸟得流芳禾苗优。

十月菊

十月菊花满庭芳，
优生繁花盛世强。
形若惊鸿雕刻匠，
风华正茂堪时尚。
破书万卷露华章，
玉成学子人为纲。
吐故纳新纳时尚，
赤胆忠心促簧傲。

野花熳

仲秋贵村野花熳,
深秋桂花格外鲜。
桂花绽放贵人来,
贵人幸得桂花源。
潇洒秋景今更艳,
喜添秋色野花繁。
年年野花添景色,
喜庆秋收硕果甜。

十月黄花

十月黄花满庭香，
黄花争艳吐芬芳。
人心向往幸福康，
不怕歪风乌蒙殃。
水来土挡牢堤坝，
歪风难入廉正康。
清风劲吹安全感，
黄花辉艳护华航。

柳岸花明

数十年来风满楼，
大风小风吹净头。
山穷水尽疑无路，
柳岸花明又一春。
春风吹进满厢房，
悠悠闲闲凤赏凰。
凤凰愿做比翼鸟，
天天愉快乐逍遥。

鸟调

聪慧翠鸟溪边停,
鸟语花香充满林。
翩翩起舞善鸣喧,
孤芳自赏自峥嵘。
林间清清小河水,
长年向东不回流。
春华秋实满人间,
秋雨绵绵润心田。
　生命如流水,
　　有时平平静。
　定是甜蜜蜜,
　　澎湃会有时。
但愿艄公长相思,
潮起潮落海浪静。
待得春暖花开时,
同林鸟儿爱同林。

鲜花调

东亚彰显彩色龙,
龙飞凤舞九州红。
飞龙绝美赛鲜花,
红透鲜花赛旭霞。
神州鸟语花香飘,
金银花香飘四海。
赏花获香潮涌来,
来到三江走一走。
更显年轻更风流,
风爽五十六朵花。
丛丛鲜花好英华,
瓣瓣诤言有风骨。
朵朵都是雪莲花,
人人壮志展宏图。
勇敢向上冲高峰,
甘愿华美向前冲。

二月梅

喜得春风萌新芽，
青枝嫩叶报春花。
一枝梅花向阳开，
独秀一春伴花航。
您是人间的希望，
为华露春挺艳阳。
梅花鲜艳会有时，
知责于行甘为芳。
芬芳力挺傲骨俏，
晓得书法学富高。
磨杵成针李白好，
程门立雪鹏程骄。
山明水秀一枝春，
暗香疏影彩云飘。
您是人间二月梅，
傲立挺拔怡然翛。

蜜蜂颂

面面青山彩云间，
奇峰怪石峭壁环。
独绝悬崖蜂鸟显，
彩云深处有人间。
万紫千红野花熳，
活活泼泼蜂鸟炫。
蜜蜂生来酿花蜜，
组织井然和谐欢。

艳阳天

浩瀚无际山花熳，
熳花金光吻彩霞。
蜜蜂天天酿蜜膳，
何如人间富宥甜。
欲立而立富心愿，
欲达而达艳阳天。
隐恶扬善施人善，
华胥风光亮华川。

赏月记

月儿明呀风儿轻，
彩云您切莫春心。
月到午夜分外明，
满目青山林森森。
鸟栖河边杨柳青，
鸱鸮夜莺禽歌颂。
涌泉清瀑布如云，
古树青松相送迎。

游聂耳广场

满目秋色广场鲜,
风光旖旎饱福眼。
环山啼鸟遮眼望,
碧水白鹭戏鱼玩。
蜜蜂疯狂迎宾舞,
绿树纷纷露欢颜。
笑声歌声欢笑声,
爱客游客仁爱客。

游澄江

风萧萧兮山花俏，
帽天天书密语骄。
寒武古物今显世，
澄江水车拿鱼妙。
山美水美全都美，
爱客游客八方客。
共产党样样办好，
人民哟家家富饶。

冬

冬入隆冬赏乌鸫，

冬乌凋颜饥寒浓。

冬夜乌鸫盼春暖，

冬不拉韵音韵洪。

东床文雅太选婿，

东床冷静王不语。

东晋郗鉴有果断，

东晋果然明星红。

牛厚

牛黄为民保康安,
牛排是宝富民餐。
牛性温和勤耕田,
牛脾气能伸能屈。
牛本磊落心坦然,
牛家牛牛已牛厚。
牛逢碧水清清源,
牛助华夏再登攀。

护林鸟

麻雀虽小肝胆全,
捉食害虫护林员。
松柏青青彩云间,
彩云飘飘鸟欢颜。
林涧小溪蛙声韵,
万类欢歌奏乐篇。
禽类人类共在天,
华夏堪媲美娜嬛。

桂花香

八月桂香赏明月，
家家团圆满庭芳。
花开花繁贵客来，
同欢同乐美景赏。
美景年年更亮堂，
香风飘飘香满房。
何要清风西窗入，
莫待无香守空房。

骆驼精神美

当今盛世超天堂,
是何精神而辉煌。
骆驼不花言巧语,
沙漠精英美名扬。
跋山涉沙吮苦寒,
意气昂扬不畏难。
骆驼精神华美娟,
华美堂皇又富强。

林蛙好

林海幽静涧清流，
涧清林蛙永居留。
青蛙常食林败类，
林海无忧风悠悠。
蛇妈不管这一切，
食尽蛙家无一留。
蛇妈本是毒蛇性，
本性难移何谈休。

青枣甜

青枣秋春百花繁,
寒风劲吹结硕果。
冬枣春枣一树悬,
冬春两季一树甜。

和平鸽

鸽子凌空旋，
勤衔橄榄还。
彩虹当空悬，
萦绕彩云天。
和平永期盼，
人类同欢颜。
苍生共心愿，
寰球永康安。

聂耳公园

聂耳公园乐幽雅,
绿树芳菲迎客耍。
多多情人舞姿花,
群群人观笑哈哈。
芊芊花草露欢颜,
朵朵鲜花迎客玩。
有对鸟雀叫喳喳,
无数蜂蝶戏花花。
男男女女情歌颂,
老老小小邂逅姹。
姹姹百姓甜蜜佳,
人人高兴弄琴琶。
琴声歌声欢笑声,
客乐娱乐人欢乐。
喜听聂园琴雅韵,
歇耳精神亮千秋。

喜看

喜看吾邦春,
风光旖旎新。
五岭禽歌唱,
三江鱼米香,
民浴香中水,
人是春风行,
春花红艳艳,
海内人忻忻。

小岩羊记

东山陡坡小岩羊,
性情温顺又安详。
小羊常问好妈妈,
老虎虎威何恐高。
欲食又何坠死崖,
妈妈你何不恐高。
好妈叫子好绝招,
悬崖生长灵芝草。
吃了此草不恐高,
老虎兽性性难改。
青天不给它此草,
善恶不能同堂聚。
恶善分明社邦好,
吃过悬崖灵芝草。
爱好和平又勤劳,
勇敢艰辛攀险高。
胸怀好心有好报,
万古长青丹心标。

玄鸟

燕子好玄艳,
喜游艳阳天。
今天燕归来,
不觉又一年。
岁月人生美,
美在艳阳天。
主人心欢喜,
喜庆迎凯旋。

天天春

天天春光念念忺，
天天春忺寻寻觅。
天天春觅潇潇雨，
天天春雨禾禾青。
天天春青仓仓满，
天天春满人人喜。
天天春喜安安静，
天天春静姶姶欣。

聂耳故里春

春毓清风怡怡忾，
阳光闪闪禾苗春。
秋收获得幸福感，
满脸春光人人春。
独特玉容聂故里，
处处辉煌春光好。
无限春光好风景，
您若有兴来游春。

游聂耳故里

寻寻真理难难路
路路虎威虎虎狂
代代后人莫莫忘
钦钦聂耳钦钦佩
歆歆前仆歆歆烈
欣欣华夏欣欣美
美美与共美美笑
笑笑富足笑笑恬
恬恬公务清清廉
廉廉物价廉廉广
天天向上天天匡
年年奋进年年强
处处辉煌家家姶
男男女女恕恕和
个个能歌微微笑
人人潇洒快快乐

注：姶：美好
匡：纠正／帮助
恬恬：恬淡

生活如歌

甜蜜村镇

甜甜蜜蜜寨寨忙，大寨小寨赛辉煌。
房前屋后花果香，家家欢乐住新房。
机电兴农人兴旺，人人勤奋耕作忙。
少女时髦爱红妆，自来沐浴水飘香。
家家粮食堆满仓，三餐吃饭酒肉香。
农忙不忘载歌舞，歌声悠扬琴声扬。
山青锦秀宜人往，花果飘香蜜蜂忙。
飞禽走兽常来往，绿水青山花果香。
东山养牛西山羊，林间养鸡金凤凰。
柳暗花明富村镇，稻谷飘香鱼米乡。
小学中学书声琅，候任农民学悟富。
将来村镇更兴旺，鳏寡齐住敬老院。
瘫残孤独有社保，互敬互爱袛光临。
交通线如蜘蛛网，商店林立货满仓。
土产名牌华美香，个个赶街车满厢。
水果飘香引贾商，销往南北人欣赏。
心想事成今又是，人间互爱情飞扬。
今朝村民有洪福，人民生来有风骨。

无有私心办事爽，只因华夏有领航。
民族兴旺有脊梁，时代振兴目标昂。
治理全靠政清明，善策助民保安康。

百姓姹

家家户户丰收瓜，
瓜瓜藤藤系人家。
人人欣赏美食雅，
美美与共千万佳。
千千万万幸福花，
花花鲜艳百姓姹。
姹姹百姓获平安，
平平安安好年华。

事事端

大事小事事事端，
这端那端端端鲜。
难能明星煌煌女，
有福才能华华山。
您言她言言言甜，
家家美食甜甜鲜。
禽声歌声声声悦，
花果村庄样样端。

九十寿

斜风细雨清箬笠，
清风清徼一叶清。
胸无城府九十寿，
行将就木恻隐人。
虚怀若谷泰然心，
悬鹑百结不忘形。
心安理得心无愧，
甘心情愿万木春。

媒

大生嘱媒为妹喧，
山青水绿涌碧泉。
碧水涌入谢家院，
院中苗条淑女贤。
巧弹钢琴悦耳恬，
弄得匹人醉憨憨。
憨然一睡红楼梦，
孔雀开屏是华山。

菠萝蜜

月笼西厢水果雅,
菠萝蜜香美食家。
红颜春心爱品尝,
食客称香甜蜜佳。
榴莲浓香宜品尝,
每人品香各有差。
榴莲怪香笼食客,
菠萝怪香笼食霸。

野渡

林边斜定一枝春,
无言带笑最迷人。
行动优雅舞翩翩,
甜言蜜语句句鲜。
鲜花开放蜜蜂来,
欲蜜艄公深山穿。
秋翁欲过荒野渡,
野渡无人舟自偏。

快乐童年

邂逅相遇戏玩童,
大庭广众捉迷藏。
风华未茂无彼此,
两小无猜无情风。
笑谈往来随心欲,
小时了了笑谈中。
弄巧成巧浑身胆,
无时不在嬉戏中。

茄友

清风徐徐恋茄友,
旭光不弃不离留。
奇花喜玩蝴蝶蜂,
朱红硕果悬枝头。
甘甜有酸味浓厚,
勾惹食客心愿求。
孤芳自赏香独有,
追赶潮头亮风流。

悬崖村记

俺家住在悬崖村，
小村紧锁浮动云。
鸟不渡兽不莅临，
雨水淌落珍似油。
年年都为衣食愁，
日日辛苦住篱棚。
今朝有幸搬福地，
满面春风喜心头。

叠调丰收

年年月月庆丰收,
家家户户仓满谷。
男男女女共狂欢,
快快乐乐每一天。
欢欢喜喜乐融融,
认认真真敢为先。
开开心心人富安,
平平安安终身妍。

杏花村

花村自有好人心，
不是彩云不为云。
村村户户有美酒，
杯杯美酒敬亲人。
同舟共济良辰美，
青山锦绣吻彩云。
喜得流芳董杏林，
居高临下杏花村。

媲邻邻

一身情来一杯酒,
杯杯美酒杨梅酒。
好人好事好媲邻,
艳花鲜花处处有。
天生物美人最贤,
媲邻友情互爱颜。
性相近胜习相远,
邻里互助互励勉。

农村好

一山飞势彩云端，
山涧壤土禾苗欢。
天赐仙山农家乐，
家家快乐胜天仙。
乐居农村淑女贤，
誓言不离富菽山。
巧弄心思难得勉，
只好弃舟自慰安。

岳母

岳母大媒人间罕,
恰是当今艳阳天。
心想事成比翼鸟,
鸳鸯成双鸟成对。
对对鸳鸯戏水游,
双双春燕顺江玩。
春江呈现华华舟,
乐语喧华巧得优。

春天忙

春天人人忙，
迎春花儿香。
忙问友情人，
您喜那朵芳。
芳香飘厢房，
友情人来扬。
阳春一朵花，
送您欣赏她。

叨叨调

听惯的盛世丰美，
看见的丰收鲜收。
获得的鲜果甜果，
闻透的甜香山香。
经过的山垚岭垚，
攀登的嵩山华山。
幸福的华嬷美嬷，
繁华的美丰盛世。

中秋

中秋明月不夜天，
善待秋风又一年。
皓皓辰光照人返，
心心相映喜绵绵。
家家知己互励勉，
和和睦睦乐欢欢。
岁月如梭恬谧静，
永远铭记在心田。

国庆

国庆喜来迎客风，
举国上下欢庆中。
长城内外春色秀，
九州举目遍山红。
怡览三江鱼米乡，
全面小康堪赞赏。
喜庆丰硕歌声扬，
大展宏图新篇章。

采药记

壮年多志采药峰，
青藤绿蔓萦绕蒙。
周而复始寻梅妆，
出水芙蓉酸水流。
独来独往好娴静，
若即若离朱颜空。
刘晨采药得梅妆，
喜得蓬山红颜宠。

叠调春节

年年样样好欣赏，
村村寨寨鞭炮响。
高高兴兴悬灯彩，
欢欢喜喜春联彰。
家家户户杀猪羊，
新新鲜鲜食材广。
甜甜蜜蜜汤园香，
恭恭敬敬献祖尝。
恩恩爱爱一家亲，
亲亲戚戚客满房。
快快乐乐互敬酒，
和和睦睦喜洋洋。
人人天天幸福康，
开开心心歌舞狂。
热热闹闹过春节，
红红火火盛世煌。

勤奋

勤奋爱华艳阳辉，
辉煌盛世靖太平。
勤种稻菽独爱啸，
潇洒人人乐逍遥。
媱媱劲显女儿姣，
娇娇淑女更妖娆。
妖娆善取潘安苗，
苗娟全靠水勤浇。

芒果香

月笼果山白茫茫，
硕大甜蜜芒果香。
芒果月下露凝芳，
田鼠无忧觅食忙。
忙忙碌碌养儿女，
喜喜欢欢行动狂。
鸱鸮慎此机不失，
渔翁得利好时光。

六一儿童节

六一儿童一枝花,
朵朵鲜花好挺拔。
请妹无拘戏竹马,
两小无猜笑哈哈。
小时了了机灵姹,
鲜有彼此您我她。
生龙活虎畅所欲,
继往开来好苗华。

端午

阳雀临门喜洋洋,
艾花蒲叶独显彰。
蜜蜂起早恋花蜜,
玄鸟临门叫喳喳。
旭日霞光微风到,
犬吠迎来歌星婳。
歌声悠扬情飞扬,
艾花吐香满庭芳。

游春

一江春水两岸欢，
萋萋绿柳翠碧莲。
野花烂漫蝶蜜恋，
玄燕翠鸟奏乐弦。
百舸鱼龟争上游，
太公垂钓绕堤岸。
问君您有几多愁，
一览春江成翛然。

幼吾幼

归去来兮几度秋，
老成忠厚有所修。
颐养天年怡自得，
沉思诤言潇洒优。
繁花盛世度春秋，
看不完春光景秀。
数不尽名圣美优，
锦绣山河恬静静。
继光打虎情悠悠，
王祥卧冰情宜留。
华美朵朵鲜花红，
情爱深深醉心头。
老来写书只为后，
但愿后生平安秀。
代代风华正茂时，
愿其红心永芳流。

中秋傲

八月十五不夜天，
明月通宵照人间。
激起人人舞翩翩，
人声沸腾怒狂欢。
双手举杯望明月，
蟾宫人间饮酒欢。
团圆佳节胜琅嬛，
中秋良辰共婵娟。

叠叠小调

快快乐乐,快乐小康贫脱。
喜喜欢欢,喜欢舜日尧天。
高高兴兴,高兴一县花鲜。
走走看看,走看马放南山。
踏踏实实,踏实鸿猷责担。
清清楚楚,清楚初心不变。
舒舒服服,舒服华胥美妍。
轻轻松松,轻松愉快春天。

溜溜令

座座青山紧相连，
阵阵清风绕河山。
弯弯小河流水长，
日日流水淌挂牵。
钊钊仁义互助勉，
树树鸟雀禽歌喧。
群群牛羊膘肥胖，
天天美食日子甜。

锁调

妹妹似云风是哥,
哥哥春心甘为风。
风风追着彩云飘,
飘飘彩云窈窕娟。
娟娟云妍贵一鲜,
鲜鲜艳艳乐欢欢。
欢欢喜喜蜜月甜,
甜甜蜜蜜锁情专。

茅屋

蓝天彩云映昤昽，
茅塞顿开心凌空。
风吹林荫见茅屋，
悠然自得此山中。

菜翁

南园好菜翁,
旭日进菜棚。
收获好名菜,
菜价平稳流。
冬青名花菜,
物美价廉收。
市民均大喜,
生活无顾忧。

小卜俏记

仙鹤名女小卜俏,
朱颜淑美天生娇。
秾纤修短宜合度,
发肤露莹满头媱。
浓眉联娟质皓齿,
柔情似水情逍遥。
全身银翠之装饰,
身披青纱迎风飘。
人人说美如西施,
卜俏更比西施俏。
无言微笑最迷人,
花街又遇小卜奥。
卜奥喜遇忘忧草,
钟情花开迷心窍。
一见如同鱼的水,
见时容易别时难。

小拉姑记

梅山有个小拉姑,
勤劳智慧苦干活。
常年居住高山顶,
有这有那还有荷。
上山攀顶如平路,
下山陡坡如滑落。
条件虽艰身心美,
表里如一美如荷。
小荷刚刚才露水,
窈窕淑女朱颜姶。
修短合度杨柳腰,
浓眉皓齿唇樱桃。
目光炯炯颜似笑,
一笑绝貌人倾倒。
再笑倾城倾财抛,
行若春风莲步遥。

坐若幼荷水处飘，
卧若林边花枝俏。
甜言蜜语颇逍遥，
美丽人生风飘飘。

种瓜

种瓜得种豆,
植树化绿洲。
养花满庭光,
钟情灵毓秀。

小石头记

柳村有位小石头,
身强力壮精农活。
村长见他素质好,
让他承包黑土地。
春来栽插多勤奋,
中耕除草多干净。
烈日当空汗淋淋,
管它收成好不好。
绿杨荫里把酒饮,
驱车市井玩游戏。
今天输明天能赢,
酒钱米钱有低保。
衣裳破了找民政,
当今贫穷也光荣。
治穷必须先治懒,
幸福安康有保证。

酒篇

春夏秋冬酒中欢，
亲朋好友酒欢颜。
人人赏饮酒宜度，
太白斗饮诗百篇。
唇枪舌剑酒壮胆，
英雄豪杰酒善战。
何要腾达酒高攀，
敬酒赏酒酒中鲜。

祖国颂

恬静祖国我爱您,
真诚诗歌送给你。
让您永远都幸福,
要您永远都美丽。
祖国航程路漫漫,
人民是潇洒妁妁。
处处建设繁花似锦,
行行成就盛世太平。
汉满蒙回拥娘亲,
桃李杏梅迎芳菲。
华春花香最爱民,
民爱祖国爱复兴,
复兴民族振兴能。
迎春花香最爱民,
民爱祖国爱当首。
首获幸福楼上楼,
能叫黄河碧水流。
敢闯太空探月球,
华美人人庆丰收。

拟古缘情

大雅·翛山蜂

圣洁翛山,高峻云端。绚丽丰彩,陡路易攀。
沿途景美,清风怿然。人来往返,嬉笑颜开。
山外有山,花华满山。映山红艳,松竹青山。
蝉鸣鸟语,禽兽狂欢。芪草藤蔓,悬崖铺满。
藤生鲜果,伊食蔓果。阳寿长添,突然蜂声。
探实情况,难得一见。蜜满洞间,十三亿蜂。
翱翔禾田,花香芯鲜。蜜蜂狂欢,媒花蜜相恋。
禾花翠烂,媒花有种源。能不狂欢,豁然心意满。
群蜂喜欢,大获成果。不忘翛山厚爱,感恩思源。
小康怡然,善哉善哉。蜂巢蜜满,蜜蜂康健。
左右逢源,取之不尽。用之不完,最美蜜蜂。
自在和谐,团结齐奋进。牢固邦友谊,组织井然。
其乐融融,清风绵绵。蜂蜜甜人间,高风亮节。
弃腐媚公娟,人媚华美。蜂媚鲜花,玄鸟媚蝉。
蝉媚树汁,草媚雨露。树媚青山,男媚红妆。
姑娘媚雄才,赤诚蜜蜂。昂扬清风,翛山数风流。

小雅·爱莲说

婷婷玉莲，
叶圆花鲜。
莲茎挺直，
斜风不偏。
歪风难入，
挺拔直立。
正立青天，
不蔓不枝。
给人温暖，
你是人间希望。
是望天树，
珠峰雪莲。
人人称赞，
公职要员。
淤泥不染，
品格高廉。

大雅·白兔梦

乐土乐土，白兔之家。垚山之坳，宜居宜住。
白兔使命，爱花护坳。保护成果，社会和谐。
安康幸福，玉兔辉煌。食满粮仓，广集冬粮。
从不称霸，日曜高升。花溪乘凉，身若有污。
林溪沐浴，溪水清凉。沐浴舒坦，林野为房。
百鸟同聚，好不欢畅。有此美景，何要天堂。
同林鸟扬，禽兽洪福。百鸟称颂，白兔一家。
和睦温顺，乐土觅食。饱食糖然，兔家有福。
五世同堂，互敬互爱。和谐家常，保洁安康。
花草为家，昊瀚新房。常住花海，衣食硕庞。
豌豆尖嫩，麦苗尖香。想吃就吃，食足贪睡。
睡的花床，杂草丛旁。放心大胆，沉睡梦乡。
狩猎人往，百鸟鸣扬。安全有保证，何要心慌。
一觉憨睡，美梦明杨。梦住华山，芊芊花草。
浩瀚无际，群群白兔。喜喜欢欢，果树无边。
花果飘香，有此美景。忻然留恋，喜住华山。

小雅·重阳

岁岁重阳，
今又辉煌。
清风徐徐，
黄花绽放。
香飘亭爽，
鸟语花香。
百花争艳，
堪称庞煌。
昂首端详，
生活节奏忙。
举国上下，
行行繁忙。
人行如梭，
公路如网。
康庄大道，
赶忙时尚。

小雅·媱山美

媱山花繁,
景色绝妍。
野花羞月,
玫瑰慎鲜。
蝴蝶痴恋,
三友冠云端。
蜜蜂留恋,
孔雀舞欢。
禽兽痴情,
心中只有山。
春光明媚,
鸟语蝉喧。
客来人往,
嬉笑颜开。
心情舒畅,
歆然留恋。

小雅·南涧

南涧淑女，形也娇娇，时务遇兮。
分外妖娆，姣姣窈窈，妖娆分外娇。
响瑟鼓琴，淑女媱媱，采采其尔。
莫云倾吾将，佳我怀人，自若吐芳。
凤兮凤兮，娇娇远航，何兮何兮？
　　　　　在水一方。

浣溪沙·妈妈好

世上只有妈妈好,
含辛茹苦爱儿孙。
妈妈三日不得食,
只得一蚁畏小鸟。
活到老是爱到老,
爱望子孙无价宝。

浣溪沙·浩瀚沙漠老胡杨

浩瀚沙漠老胡杨,
严寒暴雪不惧慌。
十年九旱留春心,
雨露滋润春生芽。
强劲狂风挺立拔,
骄杨本性防风沙。

浣溪沙·当今华美望天树

当今华美望天树，
青枝绿叶显辉煌。
养人为本露华光，
处处彰显鱼米乡。
曾似荒漠今桑田，
众志成城奔康庄。

摊破浣溪沙·全面脱贫春雷响

全面脱贫春雷响,
扶贫政策永飘扬。
子子孙孙都盼想,
　　好辉煌。
甜甜蜜蜜日子长,
世世代代照此往。
华人幸福褒安康,
　　是天堂。

摊破浣溪沙·月亮月亮照山岗

月亮月亮照山岗,
鸱鸮夜游劲疯狂。
满山鲜花香飘飘,
　　枣花香。
夜游争相品浓芳,
野兔竞忙收鲜果。
鲜花硕果同树香,
　　青枣甜。

和平调·您是我

您是我，
我是您。
您您我我同根生，
生来福。
福来生，
生生福福共欢心
心有喜。
喜有心，
心心喜喜使命甜
甜是蜜。
蜜是甜，
甜甜蜜蜜度华人
人相敬。
敬相人，
人人敬敬世太平。

和平调·三江美

三江美，

美如画，

美美与共我的家。

江水甜，

鱼米香，

香甜伴随我成长。

家乡美，

长城长，

华夏子孙赛辉煌。

心欢喜，

睡眠香，

香香甜甜满庭芳。

山青青，

人丁旺，

中华渊源永流淌。

和平调·观沧海

观沧海，

碧波瀚，

碧波荡漾水中天。

海滔滔，

月暶暶，

月在海中万物现。

鱼戏月，

壮月暶，

壮观疯鱼逛欢欢。

鱼风流，

月有情，

月色溶溶疯鱼情。

友谊厚，

情深深，

情种逢源情钟情。

和平调·天生物

天生物,

人最荣,

天天勤劳好光荣。

习仲仪,

施项硕,

习惯耕耘成果硕。

古圣贤,

尚勤作,

古人历来勤劳作。

宜褒贬,

苦劳乐,

宜人宜居苦中乐。

甜颂尧,

自颂苦,

甜蜜生活来自苦。

长干行

天生桃花林，桃源蝴蝶栖。
蝶觅桃花芯，蜜蜂伴蝶行。
花铺是路面，觅芯无彼此。
周而复始行，日日觅花宴。
食足酣酣睡，床铺是花果。
住房旴浩瀚，夜来风雨临。
春心恬静静，觉醒旭日升。
桃花芯上玩，舞姿乐融融。
互敬互爱行，天生都爱花。
理应禾花临，禾花红艳艳。
乱花香纷纷，不做亏心事。
只做益花媒，野花都盼媒。
肯求媒光临，临面相映红。
两厢情谊深，乱花迷蒙眼。
莫忘蝶富韵，好韵好蝶心。

长干行·小河

小河凄凄芡，菖蒲荷花艳。
蔓草翠鲜鲜，蒲花肉棒棒。
蒲叶似宝剑，花香满河边。
香风醉荷蔓，芡花艳香添。
蔓花更芳艳，荷花喜日晛。
光芒亮绿川，山青河水清。
耀灵照林端，林尖百灵鸟。
高歌伴蝉喧，雅韵震河川。
惊动鱼虾喧，疯狂鱼虾乐。
惹人情愿来，耀灵水中现。
喜泳水中嬛，满河狂欢欢。
蝶戏荷花艳，情鱼戏芡蔓。
互吻又寒暄，惹得翠鸟来。
若离若现鱼，戏弄鸟心烦。
喜泳小河水，幸得阳寿添。

摊破破阵子·君心明悦坦荡

君心赤诚坦荡,
常唱山歌激昂。
情声歌声舞飞扬,
日日潇洒满庭芳,
欣欣然精神爽。
常唱山歌流芳,
胜食人参提阳。
山歌常唱心坦荡,
心花怒放情飞扬,
天天唱寿阳长。

破阵子·夜夜睡得香甜

夜夜睡得香甜，
早早起床观天。
微微东风无彩云，
看看钓鱼好天，
急急准备完。
欣欣然到河边，
青青蛙鱼狂欢。
昕昕昂然钓位勘，
刚刚下钓鱼牵制，
大大获得感。

减字木兰花·螳螂蜜月

螳螂蜜月,正是新婚美时节。
共享甜蜜,夫妻双双心叵测。
双心难测,夫妻贪恋美时节。
一傻一恶,狠心食夫永相别。

偷声木兰花令·不识寰宇真面目

不识寰宇真面目，
居然舞手画脚中。
昙花一现，
自不量力操军控。
炫耀武力惹众怒，
螳臂当车有何用。
自诩惘然，
奉劝北美休乱吼。

清平乐·春花鲜艳

春花鲜艳，
林边一春鲜。
桃花吐芳向阳春，
蝶恋艳花春妍。
春雨草绿青青，
艳花春心痴情。
愿赠一春情谊，
三春杨柳媚春。

清平乐·桃花水沟

桃花水沟，
碧水清清流。
落红流水溪香透，
抢香鱼儿逆游。
游鱼争相上游，
谁知翠鸟等候。
饥不择食何留，
有来无回尽收。

叨叨念
女儿人是仁爱鸳鸯不分离

女儿人是仁爱鸳鸯不分离，
女儿兴教子养子是代代兴。
女儿欢是喜婿贵一专，
女儿乐勤俭持家节约。
乐融情花恕恕，
乐融情爱恕恕终，
身乐融情爱似芭蕉树。

正宫叨叨令

伟大的是脱贫攻坚,
吃苦的是廉政青天。
看见的是人人有福,
获得的是甜甜蜜蜜。
天天获得福源,
日日获得福添,
贡献是一县花妍。

虞美人·仪态华容美无双

仪态华容美无双,
　绝色而独立。
一见倾心春心狂,
十全十美只言世无双。
　喜听高山流水韵,
　音韵幽雅扬。
恬韵春心弄绝香,
朱颜绝世独立永流芳。

虞美人令·青春年华喜来乐

青春年华喜来乐,
活泼鱼水情。
情深深情意切切,
今生今世喜获玉花容。
赏心如愿获得感,
获得美玉华。
绝世虞美而独立,
独秀美妍获得芳心华。

水调歌头·垚山

微风登垚山,旭日心绪恬。沿途风景奇秀,处处似花园。昂然心绪万千,赏不完花园美。醉心芳斐然,欣然直往前,热汗淌满颜。

勇登山,情正满,心正甜。不应不前,登上顶峰完美全。潇洒雄心壮志,志坚能震宇寰。超越人类史,人类好命运,命运在娜嬛。

水调歌头·蚱毛

蚱毛几多有,尤如枯草瘦。住的是毛草间,吃的花果宴。生来不求富有,但能一叶轻舟。顺水荡悠悠,迥然大海游,浩瀚海无边。

情相依,美如画,醉心头。他乡好似天堂,还是家乡优。何不从来往复,独居更显风流。家乡情深深,青山绿水秀,花果日日收。

塞鸿秋

昕昕曈曈耀灵睍,
睍睍喧喧花草鲜。
鲜鲜艳艳鸿毛轻,
轻轻松松每一天。
天天鸿雁娴,
娴娴鸿心甜,
甜甜蜜蜜富康安。

好事近·明月

  明月，明月，映照南山青松悦，青松咬定肥沃土，春花奋发永勿别，那日困在深山里，日盼春风水明月，盼得广济水明月，盼得明月照亮了路，情深歌声情飞扬，花草萋萋满庭芳，人人都说江南生活好，江南青松超过蜜，老松也得赏风光，一叶清舟满载情。情深深，爱切切，老松爱林茂，最爱三江万山红，鸟语花香人心醉，满山绽放映山红，杜鹃起舞迎客松，人人都说山南美，有幸生在此山中，人生有幸赏明月，此生无憾到老终。

渔家傲·世上只有老人好

世上只有老人好,
老人爱小如爱宝。
为人处事总周道,
　诤言好,
老于世故深谋保。
爱小爱家敬职到,
茅盾别扭调和了。
家和融融事事好,
　诤言好,
老吾老以及人之老。

醉花阴·百灵鸟儿齐欢唱

百灵鸟儿齐欢唱,
音韵林海扬。
松竹梅茫茫,
野花浓香,
蜜蜂蝴蝶忙。
禽兽住的浩瀚房,
生物都向往。
日日花果宴,
睡的草床,
是禽兽天堂。

满庭芳·仰望蓝天

　　仰望蓝天，碧水连天，一轻舟打鱼船。江面雾漫，游鱼尽狂欢。盼得时机撒网，心意满、雾气纷纷。鱼不乱，盼到收网，鱼儿尽收满。

　　心想，要靠岸，游鱼眼前，再张罗网。成果定斐然，鱼大又肥。人人惊喜若狂，袋袋满，宿在岸边。摆酒宴，人人狂欢，个个心满返。

鹧鸪天·翕公您有几度秋

翕公您有几度秋，
恰似春江水清流。
一叶轻舟荡悠悠，
到不完闹市酒楼。
　　春光好，
　　　美景收，
两岸青山花香透。
护花赏花度春秋，
翕公怿然花香收。

玉楼春·轻轻松松路漫漫

轻轻松松路漫漫，
花花草草铺路面。
快快乐乐赏鲜花，
高高兴兴安乐添。
安安静静日子甜，
甜甜蜜蜜乐欢欢。
欢欢喜喜度春秋，
春春秋秋艳阳天。

西江月·山有山的奇妙

山有山的奇妙，
水有水的味道。
采一朵家乡的花，
斟一杯家乡茶。
您会欣然飘飘，
不管您走多远。
是情深深意绵绵，
相思痴情难完。

浪淘沙·海南风景美

海南风景美，
　浪涛滔滔。
绿水青山惹人爱，
松竹繁茂鸟声添。
　声浪滔滔，
　云吻环海山。
　辽阔浩瀚，
雨林喜吻彩云端。
禽歌互答振浪天，
　幸福海南。

鹦鹉曲·好山好水好地方

好山好水好地方，
好水喷灌好花苗。
好川出产好米粮，
　好地呈现好人。
好事好人好前程，
　好人确有好样。
好样呈现好花香，
好花开满好家乡。

醉太平·锦绣嵩山峰

　　锦绣嵩山峰,韶华峰鸟啼。馥郁花香透峰顶,蜂鸟憨醉。醉鸟仍是嵩山迷,终身无二的选择。情深深痴情绵绵,愿终身花峰林。

采桑子·人类命运有福气

人类命运有福气,
　　福气倪人,
　　福气倪廉,
淤泥不染康庄行。
矢志不移牢初心,
　　知责于行,
　　担责于勤,
全心廉政好航程。

长相思·鸟也现

鸟也现,
禽也现,
处处情鸟狂欢恋,
相思钟情现。
人也恋,
客也恋,
国强民富文明煊,
终身愿留恋。

钗头凤·春如故

春如故，花香树，满庭芬芳客留住。客满桌，人情赫，要举杯尽人人欢乐，乐、乐、乐。

黄昏酒，客欢乐，杯杯米酒客饮足。客相聚，今世缘，甘心情愿一醉方莫，莫、莫、莫。

踏莎行·清风徐徐

　　清风徐徐，游桃花溪，桃花鲜红眼尽收，花瓣满溪伴水流，一叶轻舟荡悠悠。

　　憨然复往，恬静享受，怡然自得游花溪，花溪美貌胜瑶池，绝美独立玉花容。

西江月·彩云高举明月

彩云高举明月,
禽兽静赏风月。
鸟栖江柳听风韵,
翠鸟无心赏月。
鸱鸮高歌雅韵,
青蛙颂声参和。
鱼虾江中显风流,
麻雀酣睡枝头。

渔家傲·日照柳岸生紫烟

日照柳岸升紫烟,
彩霞翠光照清川。
杨柳枝头立翠鸟,
　　悠悠闲,
游鱼水中若隐现。
戏弄翠鸟醉酣酣,
风吹芙蓉琴声韵。
翠鸟欲飞又留恋,
　　等等看,
痴痴等候硕果甜。

江南弄·江南里弄锁红颜

江南里弄锁红颜。
红颜堪媲梅花妍。
绝色妖艳堪赞赏。
　　倾城池。
　　惑人宠。
　　绝色弄。
　　春心茂。

折桂令·您傻傻站在那里

您傻傻站在那里，
　欲言又不语，
　　思念清风。
　　风而无形，
　　思念彩云，
　　何说无谓？
愿为宏图展翅飞，
丹心耿耿造福民。
　　清风纷纷，
　　片片彩云，
　　风云静静。

卜算子·外婆的河边

外婆的河边，
确是两样天。
东庙市井人马川，
买卖两家喧。
西菽油菜鲜，
乌鸦人性化。
翠鸟蜜蜂舞祥瑞，
水韵歌声炫。

醉花阴·秋高气昂精神爽

秋高气昂精神爽,
　菊花透浓香。
　知音人月圆,
　　满是秋芳,
　烂漫浓郁香。
秋高气爽今又是,
　浓浓秋郁香。
　知音仁义广,
　　醉花若逛,
　潇琴秋风良。

一剪梅·莽莽瑞雪纷纷飘

莽莽瑞雪纷纷飘。
北风嚎嚎，
皓月嶢嶢。
傲立雪中梅挺拔，
早春花放，
迎瑞雪飘。

不怕严寒梅花骄。
相思奇妙，
独领风骚。
北风凛凛也妖娆，
傲立雪中，
挺直光耀。

南乡子·义女尚可瞑

义女尚可瞑,
孤影凄凄伴古林。
汝妣他情有春笋,
嫩嫩。
难伊怜悯芽嫩嫩,
嫩芽应芳芬。
孤芳自赏何其云,
情随事迁逢料定。
怜怜。
枯树逢源又得春。

一叶舟·一叶轻舟荡悠悠

一叶轻舟荡悠悠，
柳岸青山碧水流。
青山绿翠好花有，
艳花当摘莫停留。
待过此山无鸟叫，
再摘鲜花空枝头。
清清流水不回流，
漫江碧透清水舟。

调笑令·宇宙

　　宇宙。宇宙。曾造春江东流。何言清水有垢。突来咫尺方休。大海。大海。肯将清水尽收。

采桑子·春风化雨禾苗茂

春风化雨禾苗茂，
果花媚风。
雏果嫩绿，
绿水青山风光好。
果花浓雾遍山中，
芒果花艳。
仲夏果黄，
春华夏实喜丰收。

蝶恋花·好人好心风华茂

好人好心风华茂,
　痴情勇冲,
　决心要志坚。
有梦就要勇敢冲,
沿途有难莫惊慌。
奇奇怪怪乱风流,
　莫要畏难,
　失败耐心来。
只要耐心不改变,
终将美梦能实现。

菩萨蛮·八桂年年香度秋

八桂年年香度秋，
山院清风香飘流。
屋是满庭芳，
缅怀情深优。
旭光映彩霞，
相思有花求。
桂系花香溢，
八桂数风流。

南乡子·华夏公铁路

华夏公铁路，

交通线如蜘蛛网，

人来物流好便捷，

　　唯一。

来往出行快似风。

高速数世峰，

寰球里程居第一，

运输能力冠世峰，

　　无二。

想到那儿随心欲。

生查子·秋来暑热了

秋来暑热了，
家家生活好。
秋收机械化，
稻谷闪金光。
家家粮满仓，
人人获得好。
男女舞逍遥，
处处是热闹。

菩萨蛮·浩瀚碧荷喜来春

浩瀚碧荷喜来春，
碧荷艳花相送迎。
　单身独来往，
　独觅独居行。
　荷叶为雨伞，
　碧荷是春家。
　一觉天明亮，
　旭光映波花。

永遇乐·新华继光

　　新华继光，降生火海。生活凄凉，扬眉吐气。无药无方，春雷一声响。解放兵当，扬眉时到。决心上甘岭冲，冲冲冲。冲入敌堡，敌人全部伤亡。

　　噩耗入川，地震声浪。泪飞倾盆如雨，人人心酸。华人颂扬，黄家男儿棒。儿有风骨，阿瑟心慌。华夏无限荣光，歆歆事。华人楷模，牢记心房。

调笑令·玫瑰

玫瑰,玫瑰,干茎直立刺锐。五月赏花心悦,窨茶畅饮实惠。窨茶,窨茶,肯把香辉甜醉。

武陵春·春江山水悠恬静

春江山水悠恬静，
　清清碧水舟。
岸花鲜艳好挺拔，
　恬静花香留。
艄公心喜荡悠悠，
　碧水浮游舟。
高山流水风雅韵，
　艄公喜，
　　春光留。

诉衷情·青春潇洒玩风流

青春潇洒玩风流，
玩皮球，
拍不休。
何管气无否，
潇洒玩个够。
不不，
那管春夏秋，
玩不休。

春江花月夜

柳岸花鲜夜来香，繁花夜来吐浓芳。
浓郁香透富春江，香风飘飘醉心房。
漫江比邻透香尽，酣醉玄鸟静昏昏。
百灵婷婷品香醉，蝴蝶酣醉枝头停。
孔雀闻香恬静睡，紫翠野花抢放芬。
百花鲜艳燎亮天，青蛙鸱鹞怿怿然。
何要寂寞合唱欢，歌声嘹亮入耳悦。
悦耳雅韵喜迎春，音韵胜似奏古琴。
片片彩云东南飞，飞渡洁白夜空萦。
碧绿苁草萋萋草，悠悠闲闲享恬静。
月夜万类喜狂欢，夜游鱼儿非等闲。
不堪寂寞闹喧喧，飞蛾憨憨痴心狂。
俯冲水中捞月亮，惹得游鱼心欢畅。
有来无回尽收光，人人天天都向往。
喜见繁星显华光，光照春江花月夜。
喜得鸱鹞哈哈笑，夜游狂喜乐欢欢。
喜庆春江不夜天，幸游春江花月夜。
不枉老朽漫游鲜，收获硕果累累甜。

坐想行思

飞花令·爱

蜜蜂最爱甜蜜蜜，小草爱的是花香，鲜花蜜蜂爱绵绵。
特别水是特别爱，水爱长江天际流，最爱浮舟不回头。
爱是无形的电流，阴阳彰显爱风流，绝代佳人爱阳电。
爱美钊才在眼前，红颜春心爱似电，鲜艳桃花爱春天。
桃花专为爱人鲜，蜂爱桃花鲜艳艳，民爱今朝似花园。
人爱华美繁花添，爱国盛世如春妍，国强民富人人爱。
爱民都说今朝妍，人爱今朝似天堂，华人爱心亮堂堂。
喜爱华美甜蜜香，当今领航专爱民，爱民爱国尽职先。
尽爱不忘初心恋，勤劳爱廉成习惯，爱民服务洁净鲜。
祗爱民富才当官，前朝官家不爱民，爱收民脂为己专。
当今政要专爱民，爱为穷人财富添，人人最爱获得感。
家家都爱有安全，最爱是春华秋实，更爱是富强邦安。

组合飞化令·是

三十是人生而立，
三十是正当时。
三十是赶时尚，
三十是有期待。
期待是不忘初心，
期待是终身妍。
期待是为人先，
期待是人幸福。
幸福是有获得感，
幸福是有安全。
幸福是甜蜜蜜，
幸福是好命运。
命运是七洲洪福，
命运是全球安。
命运是人类美，
命运是共同体。

飞花令·人

映山飞势人心往，人心向往独秀山，萦绕人心彩云间。
僧人称赞是神山，古人营建古庙寺，钟声洪亮告人寰。
众人喜聚为佛佑，僧人原本来民间，人为古庙泥佛像。
泥人栩栩显神仙，不明真相人心宠，忽闻钟声人潮涌。
人来人往似长龙，攀登寺峰人人勇，鳏人体弱难能从。
鳏人拼命登古峰，青山锦绣宜人游，僧人愿在此山留。
尽享人生美花求，人生苦尽甘来花，繁花盛世人人夸。
僧人崇敬泥菩萨，泥人旅游宜开发，傻人敬爱泥菩萨。
泥神人为是泥巴，泥巴欺人普天下，老人秉香敬泥巴。
活学活悟人悟差，僧人识破烂泥巴，和尚人生辞退它。
人僧改面迎新家，更新人生美又华，莫要虚度人年华。
堪媲人生何所佳，人生莫做亏心事，甘为他人铺路佳。
利人利己利社会，活人做事活悟佳，没有比人长的路。
没有比人高的山，没有比人大的海，人生永远向前看。

兴奋灶

学富悟富谖,
煊赫富科研。
歆研贵一专,
悠然彧乐欢。
呈亮露灯照,
勤览古词奥。
各派文风妙,
警句颇佼佼。
诗书破万卷,
益脑益人傲。
是条件反射,
频频刺激脑。
脑多兴奋灶,
皮质青春娇。
想象力丰富,
科技灵活跃。

诫书

诫汝忌虚度年华,
更要以德守法度。
爱人则人恒爱之,
人应彬彬礼来往。
涅而不缁清白留,
顺应时代俯首牛。
擦亮发现美的眼,
路途漫漫向前看。
一生莫做亏心事,
半夜敲门心不惊。
德智体美全发展,
发展要立竿见影。
彰显颖异一叶清,
为民作为长流水。
书破万卷敏而慧,
手不释卷是条件。
条件反射暗灶多,
刺激使汝想象富。

看不见的兴奋灶,
能解科研大门锁。
人民歆羡"解锁"员,
社会需要这良才。
苟且恶劳招冷遇,
正视鹏程向前行。

看不见的兴奋灶

红是您艳花是您，蜜蜂生在花海里。
百花情醉夜来香，繁花香飘三江芳。
三江青山百花鲜，情花开遍江与山。
花铺路面没尽头，大展宏图邦鸿猷。
艰苦奋斗好蜜蜂，享不尽花香欢乐。
顺应潮流顺风流，民心所向好奔头。
山河锦绣人心爽，歌舞琴声雅韵扬。
音韵精巧好流芳，情意彰显好花香。
不畏峭峭山坡陡，那怕暴风骤雨道。
喜迎盛世新征程，奋进百年国煌惊。
三江碧水天际流，百舸各显其神通。
硕果累累好丰收，家家富有谷满仓。
了不起繁花盛世，花海里充满芳香。
繁花条件反射物，脑海产生优势灶。
永远活跃皮质中，看不见的兴奋灶。
提高大脑想象力，能文能武能致富。
鹏程万里生活美，日日新丰衣足食。
十三亿蜂得甜蜜，蜜蜂幸居花海里。

女儿经

男人健步女人娴,
您赏春色人生恬。
人爱并蒂荷花莲,
莲步安安农村鲜。
鲜花绽放村村满,
爱花蝶蜜赏美甜。
幸福蝶蜜喜欢庆,
喜庆农村蓬莱山。

归去来兮

归去来兮，翛然无拘束。往事历历兮，不蔓不枝。
人际往来兮，互爱有礼宾。黄花幼嫩期，勤览古诗文。
好学好悟兮，人人幸福荣。人生路漫漫，没岁月回头。
迎风就飞翔，俯瞰新世界。脑中永留芳，芳心永飘扬。
互爱是正道，仁爱社会祥。被爱的感觉，一切烦恼抛。
未见潮起落，但闻人言潮。海湜泱泱沆，世界多美好。
莘游都应去，心胸宽松套。集思广见闻，看看大海潮。
待到行将木，想去如风飘。心在梦就在，只需烦恼抛。
走走看看好，听听雅韵飘。雅韵助寿阳，常听明星唱。
听唱不寂寞，越听越轻松。永唱好山河。看看山外山。
山山是奇葩。怿然风飘飘。香风吹衣裳，吹去尘土糟。
旭日东升起，昕丽山川傲。万花红艳艳，百鸟朝凤娇。
松竹梅繁茂，走兽显风骚。彼此感情深，同住地球村。
村村稻花香，香透比邻邦。川川鱼米乡，乡村如市井。
价廉物美香，乡村机电化。振动城市忙，城镇人心狂。
家家比辉煌，喜事看不完。事事润心房，怡然自得乐。
以乐人为本，俯首甘为牛。人生路漫漫，走路向前看。

诤荩风

国强彰显谐谡人，
诤荩谐谡是公仆。
青山鸟语五谷丰，
三江锦绣领航功。
荩草萋萋显忠诚，
良民个个崇拜风。
风吹九州满堂红，
民富全靠诤荩风。

少年梦

花样年华,
梦笔生花。
人若惊鸿雁,
翱翔云间。
相思绵绵,
情景生缅怀。
远望高山,
青山云端。
风景美如画,
闪闪星空。
雷声大作,
休惊美梦圆。

独木船

一条大河碧静恬，
锦绣青山迎游玩。
堂堂正正独木船，
规规矩矩畅游玩。
游路鸟语花香透，
喜看各处各风流。
今生雅幸度春秋，
花样年华到白头。

相思

大小事情一肩挑,
勤为人民美名扬。
春雷一声惊她忙,
她娴似娇花照水。
飒爽英姿吐浓情,
天生丽质动心肠。
党恩总似爹与娘,
杨柳青青丹心狂。

念路娇

　　他在路上跑，本来跑的是康庄大道，何又绕行再正道。尝尽艰辛，味道酸甜苦辣麻，人生多味道，若跌倒，爬起来继续往前跑，不必烦恼。

　　吸点能量，美食糕，浓香甜蜜味美，美味无穷，有能人，言传能得道，美食妙，妙手道高，其味难消，翛然风飘，歆然赞赏风格高。

　　喜迎翠鸟东飞，东南食好，鸟栖池边树。水深鱼虾多活跃，欢迎远来的候鸟，水深思难，涸泽思了，终将觅食好，水清林茂，狂喜远来鸟。

饮茶思

畅饮青尖茶,
仰视月笼梅。
谁愿述梅青,
竹马洁如云。
说不完的情,
述情似海深。
沧海恋彩云,
人恋故乡情。
言说故乡事,
往事如繁星。
繁星浩瀚远,
银河外星人。
人心志高大,
那能大河银。
若是东风起,
彩云随飘移。
宇宙大无边,
人能云外天。

华人志高远，
游尽浩瀚天。
登高山外山，
天外又何难。

蝴蝶梦

熟睡西厢梦蝴蝶,
若摘鲜花不难得。
何家大院遇春艳,
蝴蝶大媒新婚宴。
孔雀开屏迎宴欢,
青鸟双飞戏云彩。
路路游客乐喧喧,
对对情人舞翩翩。

情深深

情光闪闪亮煌煌，
意中人儿情飞扬。
情人钟情情花放，
好花月圆情人忙。
清水清清东流淌，
仁爱彬彬情流芳。
有情狂吹情力风，
情花灿烂挺立中。

龟须

人生若龟龟面路,
碧肺丹心大杉树。
青杉尖触彩云走,
终身无悔为民绣。

盛名

伲欲清清心清秀，
明正言顺苦作舟。
今生幸遇康庄路，
赤胆忠诚写春秋。
绿水青山花香透，
香透娇杨峥嵘柳。
柳根错节固盛世，
杨柳青青盛名优。

柔情似水

南山有个南山坳，
小鸟成对兔成双。
兔妈家柔情似水，
鸟痴似醉不离巢。
雌者柔情雄痴情，
昼夜不离蜜似胶。
柔情似水更妖娆，
愿人更媲鸟兔娇。

贤淑女

舟遥遥潇洒淑女，
凰姣姣苗条俊秀。
贤淑声声爱匹优，
何要东西南北游。
带兴带奔情深深，
有情有义水清清。
情水依依难分明，
明月嫦娥知水情。

月下情

待月西厢好春秋，
一诺千金到尽头。
千言万语无需有，
无言相思好风流。
好花尽开月下娇，
夜来香风味浓厚。
千金钟情在月下，
朱颜弄情在潮头。

怀念

领导关怀党恩显，
好事连连在眼前。
艄公一夜撑船梦，
大船航行顺水安。
天天赏繁花似锦，
人人享盛世如春。
多谢难能巧设宴，
春风彩云是常天。

路漫漫

长路漫漫写春秋，
珍惜青春争上流。
敢为人先机莫失，
百舸争先各风流。
林园勤耕花香透，
路面铺花要稳步。
稳步不贪不赌博，
难能恒心保丰收。

彝家乐

清风飘飘旸清飓，
旭光晨升亮彝乡。
从前彝人吃尽苦，
当今上升帅儿郎。
您是人间的希望，
希望人人好模样。
様様春晖美时光，
美美与共香中水。
水碧山青人兴旺，
兴旺三江鱼米乡。
丰衣足食坦荡荡，
喜乐欢庆亮堂堂。
国强民富靖安康，
康壮树下好乘凉。
个个彝脸微微笑，
人人喜笑国富强。

回忆

一切美好的回忆，
没有什么挡未来。
是风是雨情花开，
花开花落述缅怀。
总想看够新世界，
永留春心好情怀。
人生岁月无回头，
只图平平安安秀。

再读楚辞

曾经嫣念莘苦读，
各派文风各千秋。
百读不怨古辞丰，
读书读诗无价宝。
赏析理解各有悟，
微妙苦读有风度。
百家泌香饱汝福，
广读再读脑灵活。
活学活悟难能姹，
勤读勤学笔尖花。
伲应倾心赏古文，
能得幸福得豪华。
侬伲相约恋书山，
风骚洗脑濯膺欢。
文风学风读书风，
三风有幸著作功。

羝毛鸟

雏鹈意欲飞,
妈妈难为情。
门面萋萋草,
满天是雨云。
想来又想去,
试飞难成行。
雏鸟毛未变,
何谈高飞行。

鸟妈好

柳岸林荫枝条间,黄鹂夫妻筑巢端。
历尽千辛巢筑成,良辰美时妻生产。
昼夜坚守蛋不离,幸日获雏来世间。
其爸疼雏觅食毒,只留雏妈心难言。
终日觅虫喂雏幼,日复一日妈饥难。
为谁辛苦为谁忙,一片真心照雏良。
世上只有妈妈好,有妈雏幼像块宝。
大爱充满黄鹂家,留给后来典范华。

诚信树

青枝绿叶诚信树,
棵棵挺直不老松。
老松硕果枝繁茂,
飞禽走兽喜觅中。
诚信广能走天下,
言而无信三节空。
三生有幸乐无穷,
若失信言苦穷松。

香中水

美不美来香中水，
香中水鲜味奇美。
鲜鱼美味招惹颜，
红颜招惹春心男。
俊男春心情绵绵，
玄鸟欲飞又凯旋。
痴恋水鲜翠鸟返，
怿然留恋水鲜甜。

非雨油

久旱无风雨,
中非雨似油。
树禾枯黄瘦,
粮食无粒收。
春雨好似油,
地中有水流。
人人皆欢喜,
树禾更盼求。

粮为贵

暴风溟蒙雨纷纷，
顶风冒雨拾谷粒。
盘中粒粒皆辛苦，
闹市仍有不知情。
天天垃圾有粮食，
日日抛粮不停歇。
知情知物来不易，
光盘行动好倡议。

好妈妈

七月十三艳阳天，
慈祥妈妈来世间。
悬鹑百结爱儿身，
节衣缩食省吃俭。
日夜操劳浴苦水，
口含黄连爱心甜。
世上只有妈妈好，
不负妈情常到老。

燕子和主人

燕子常年情深深,
今秋又见双雏临。
燕妈觅苦心甜蜜,
主人蓬荜生辉荣。
日日夜夜坠花荫,
朝朝暮暮伴相随。
常年长往一家亲,
满怀情谊鱼水情。

偶作

蜀鄙人偶作，
鄙羞恶俯颜。
标新求发展，
立异思逢源。
寤求动眼看，
衎侃用心待。
满面春风萦，
谓妁在人间。

中秋有感

月儿娟娟华流芳,
芳华人人幸福康。
康庄处处黄金屋,
屋里妈妈善心房。
房客满满粮满仓,
仓满户户喜心狂。
狂心等等富三江,
江山美美胜娜嬛。

念奴娇

　　寤寐思念娇、飒爽英姿才华彰显溢，皎皎姝颜透红貌、堪媲三笑，风度潇洒数风流，樱桃口红娇，杨柳腰，修短合度窈窕俊俏，惹人怿看。

　　看时容易，别时难、花容绝世独妙，惹人怿醉，情憨醉，醉若忘忧草、美奇妙、歌声妙高，声声情醉，尚善情风。人间美在情风飘。

　　怿：①高兴；②快乐

声声慢

高高兴兴，
怿怿忻忻。
和和睦睦乐乐，
乐融和谐相处。
三十而立，
四十春华正茂。
甜淡明，
脑必清清。
人生要，
事事端。
鹏程要清廉行，
六十而享天伦。
栩栩静，
陶陶人生幸运。
恬静光阴，
七十而知其驯。

温驯是好人生,
民为贵。
喜喜欢欢,
心悦民。
俯首如牛勤耕耘。

蜂想甜蜜

蜂想甜蜜花想容,
鲜花蜜蜂友谊浓。
草芊微风顺风偏,
花娟细雨利花繁。
朵朵鲜花向阳开,
处处人物均喜欢。
天天蜜蜂酿花蜜,
代代香甜千古鲜。

生活如歌跋

　　一九四八年我读三台农校时，蒲老师指教我说："为学要勤于书山学知识，知识是力量，知识是最好的财富，为人要正直坦然，有风骨，不做亏心事"，老师的教导我永远不忘，写作要为后人作想，应启发后人标新立异求发展，这就是我写诗词的原由了。而学富悟富和写作，都是条件反射物，它能刺激大脑皮质产生兴奋灶，大脑皮质兴奋灶越多，大脑就更年青，人的寿命就更长。

　　在写生活如歌的过程中，也得李姜华和孙露的帮助指正，特写一首打油诗，路峻峭，"山高路峻峭，瞭望险峻垚，行路无人指，何言攀此高，"所以李姜华是生活如歌著作权的继承人。

　　本傝作有不当之处，请指正为要。

　　谢谢！

李材生

2024 年 10 月 1 日